무당벌레

시와소금 시인선 · 108

무당벌레

이영수 시집

시와소금

▌이영수 약력

- 2012년 《한국문인》 신인상 수상 등단.
- 시집으로 『무당벌레』가 있음.
- 전, 강원한국수필 사무국장.
- 전, 춘천낭송협회 회장.
- 현, 구인문학회 회원.
- 현, 춘천문인협회 이사.
- 2107년 한국예총강원도연합회 공로상 수상.

- E-mail : leeys5858@hanmail.net

누구나 가슴속에 무엇인가 뜨거운 것이 있다.
그것을 어떤 방법으로 표출하는가는
그 사람의 성향에 따라 달라질 수 있다.
아주 오래전부터
무엇인가 풀어내지 못하는 내 가슴의 무엇을 찾아
지독하게 가을을 타던 시절이 있었다.
구체적으로 형상화 시키지 못하고
가을만 되면 가을을 찾아 헤맸는데
그 가을이 시와 닮아있음을 깨닫고
몇 해 전부터 글쓰기 시작했다.

이 가을 첫 번째 시집을 엮으며
나는 누구인가? 라는 또 다른 의문에 빠진다.
나는 어디쯤 있을까? 라는 명제가 무겁다.
내 속에 있는 것들을
시원하게 써내지 못하는 한계도 느낀다.
그러나 한번은 거쳐야 할 일이기에 용기를 내본다.
개인적으로는 벅찬 일이지만 활자의 위대함 앞에
한없이 겸손해진다.

| 차례 |

| 시인의 말 |

제1부 비와 색소폰

제2부 화석

제3부 술은 나를 위로해 주지 않았다

제4부 사랑은 기다릴 줄 모릅니다

제5부 괜찮아

1부

──

비와 색소폰

가을

손끝에 스치는 바람이 배부르다
하늘이 높아지고 구름 떼 몰려다닌다
땅으로부터 하늘이 멀어질 때
나는 외롭고 쓸쓸하다
넓은 벌판에 황금파도 일렁이고
벅찬 감동 혼자 보아야 하는 가슴 쓸쓸하다
여름내 훌쩍 자란 미루나무와 미루나무 사이에
가을이 기대어 있다
말없이 피었던 들꽃들도 다가오는 시간을 위하여
조용히 뿌리를 간수 한다
종소리도 외로워 가는 길 멈추고 그늘 아래
앉아있는 가을은 외로움으로 살아있고
쓸쓸함으로 행복하다

갈대

무리 지어 흔들리는 갈대라 할지라도
자세히 보면 저마다 흔들린다
갈대가 저마다 흔들리는 것은
순수하기 때문이다
실바람에도 흔들리는 것은
욕심을 버렸기 때문이다
갈대는 무리 지어 흔들리지만
무리 지어 흔들리라고 말하지 않는다
서로 다르게 흔들리지만 결국은
서로 같이 흔들릴 때 역광에서 빛난다
갈대는 먼지처럼 가볍지만
흔들리며 서로의 뿌리를 묶는다

고삐

마침내 푸른 것들을 한 줌 모아
흰색 위에 던져 놓았다
못다 그린 여백이 아직 넓은데
흰 것에 회유되는 채색은 파스텔톤의
힘겨운 소리를 낸다
고삐를 잡은 손에 힘이 빠진다
쟁기를 내려놓은 늙은 황소
오늘도 잘 견뎠다고 하루를 잘살았다고
붉은 노을을 되새김질한다
코뚜레의 고통을 견뎌 고삐만큼 얻은 영역
콩깍지를 얹은 거친 여물은 순종의 만찬이다
땡그랑 땡그랑
워낭소리가 발길에 꾹꾹 밟힌다
살아보려고 고삐를 움켜쥐었던 날들아
고삐에 묶여 날지 못한 날들아
쳇바퀴 같은 발자국들을 모아
푸른 안개 속에 던져 놓는다

금동미륵반가사유상

수 천 년을 반가*半跏한 자세로 앉아
귓불 길게 늘어트려 인간의 말을
귀담아 들어준 끈질긴 인내심이 죄가 되어
황금빛 옷 녹아 내린다
차마 입을 열 수 없어 속이 까맣게 탄다
그슬린 얼굴에는 자비인지 비애인지
알 듯 모를 듯한 미소가 있다

추위는 아직도 길다
나신으로 속세에 들어와 무엇을 구하려는
묵언수행인가?
신에게 입을 맡기고 그는 없다
말로 지은 인간의 죄 경전 앞에 의식 치르고
미륵보살* 되어 도솔천*兜率天을 휘돌아도
황금빛으로 빛나겠다

*반가 : 반 책상다리(반가부좌).
*미륵보살 : 석가모니 사후 세상에 내려와 사람들을 구해준다고 믿는 미래부처.
*도솔천 : 고대 인도 불교의 세계관에서 천상의 욕계 중에 네 번째 하늘나라.

낙화 목련

이맘때쯤이면 지축 흔들리는 소리 요란하다
봄 햇살 분주하게 땅의 속살을 덥힐 때
양지바른 언덕 목련은 터질 듯
제 몸집을 키운다
겨울을 이겨낸 목련은 순백의
꽃잎으로 봄을 맞이한다
겨우내 얼어붙었던 시선이 호사다
고양이 하품 같은 햇살이 지나갈 때쯤
초침에 저당 잡힌 아름다움은 하나둘씩
꽃잎 떨구고 결국 처절하게 버리고 나서
또 다른 꽃들에 길을 열어준다

달팽이

달팽이 하나
모래언덕을 기어오른다
빨갛게 익은 모래
맨발로 간다
갑옷 걸쳐 무장하고
비장하게 걸어간다
생은
갈매기 떼 목을 겨눠도
우직하게 물을 찾아
가는 것

도라지꽃

사랑하는 이에게
도라지꽃 한 송이
드리고 싶습니다
자갈밭 메마른 땅에 피운
보랏빛의 당당함
과하지도 부족하지도 않은
절제된 균형미
오래 보아도 새로운 신비
이런 꽃이라면
그대를 볼 수 있을 테니까요

매화

잔설 속에 매화 한 송이 피었습니다
얼어붙은 철골 가지 속으로
겨우내 물은 흐르고 있었습니다
사랑이 흐르고 있었습니다
폭설 속에 묻힌 때에도
돌아누워 잠든 때에도
가늘고 여린 가지 끝에는 꿈처럼
꽃봉오리 자라고 있었습니다
간절함으로 다다를 수 있었을 테지요
엄동설한도 그대 향한 뜨거운 마음은
얼리지 못할 테니까요
오늘도 얼어붙은 여린 가지에 귀대고
흐르는 물소리 들어봅니다

비와 색소폰

낮부터 내린 비가 일찍 어둠을 몰고 온 저녁 시간
어느 먼 하늘에서 색소폰 소리 들려온다
비는 저런 소리로 울고 싶었나 보다
아스팔트 위를 흘러가는 색소폰 소리
발끝에 툭툭 차이고
힘없이 지나가는 불빛들
오늘 하루도 잘 살았다고 부은 발등들이
모여드는 선술집
사람들은 막걸리잔을 붙잡고 색소폰을
불고 있다

소양강에서

저 강물은 흐르지 않는다
새벽처럼 내려앉아 있는 물안개
천년 기다림 청평사 풍경 소리 호수의 깊이를 잰다
목선에 기대어 맥없이 졸고 있는 늙은 어부
거친 손가락 사이 생담배 연기 어신을 부르고
구멍 난 그물코 사이로 피라미 떼 들락거린다
지금은 무덤 주인만이 거주하는 외로운 섬
북어포 한 마리 막걸리 한 잔 상석에 올려놓고
내세의 안녕을 비는 도시로 간 수몰민 후예들
모터보트 하나 빠르게 고향 하늘을 난다

저 강물은 조용히 흐른다
그믐밤 초승달을 수면 위에 던져 주었다
설악산 실개천은 흘러 흘러 깊이를 더하고
호수가 되기 위해 버려야 했던 무거운 시간들
알 것 같은 멈춤에 대한 의미
쌓여야 흐를 수 있는 역설은 희망이었다
서쪽으로 대양으로 흐르는 꿈을 꾼다

조용히 마적산을 들어 올리는 호수
저 아래 용암보다 뜨거운 힘이 꿈틀거린다

새이령

백두대간이 품은 8월의 새이령
진부령 한계령이 소중하게 감싸 안은
순결한 곳
그 옛날 선비가 휘날리던 도포자락을
기억하는 오솔길은 내게
구름처럼 가라 하네
바람처럼 살라 하네
냇물처럼 흐르라 하네
내려가야 할 만큼 오를 곳도 없는
얕은 계곡 폭포수는 한줄기 비바람과
화음을 맞추고
구름 떼 몰려와 따르는 한 잔 술에
지친 어깨 쉬어가네

오월 장미

오월 장미가 필 때면
진달래조차 조용히
자리를 비킨다

작은 심장 톡 톡 터트려
피보다 진한 꽃을 피워냈구나
너무나도 아름다워 슬픈
오월의 장미여

마법에 걸린 가녀린 소녀
꼭꼭 숨긴 사랑 들켜버린 오후
마디마디 가시를 숨겨 순결 지키는
오월의 빨간 장미

너는 꽃의 여왕이다
"순수한 모순이다*"

"순수한 모순이다' : 릴케의 묘비명 중.

이름을 묻지 않고

그냥 걸어왔다네
안개 낀 거리는 너를 볼 수 없었고
너도 나를 알 수 없었지
가시거리를 잴 수 없는 나만의 하얀 세상
똑딱똑딱 낯선 소리 그도 바쁜가 보다

유병자도 보험에 가입할 수 있다는 보도가 나온다
주삿바늘이 따끔거릴 것 같다
사다리 타기로 인생을 바꿀 수는 없지만
조아리는 맛은 짭짤한 거야
손바닥 굳은살은 너무 많은 것을 움켜쥐었기 때문일까?

모르스 부호 같은 암호를 읽어가는 카드체크기
내일을 팔아 오늘을 사는 적자 인생
하루하루가 오체투지 수행인 것을
길고 짧은 건 대봐야 아는 건가?

가난한 체온이 눌러앉은 시장바닥

초승달 같은 밤이 깜빡거린다
물어봐도 알 수 없는 것
물어볼 곳도 없는 것

자화상

동짓달 초여드레에 뜬 달은 차고 외롭고
쓸쓸하기만 하더라
차고 높은 달은 차라리 도도하여라
산짐승의 울부짖음 같은 영역들
수컷으로 살아온 것이 잘못은 아니지 않은가
고래를 잡으려 꿈꾼 적 없었고
마음껏 소리 한 번 지르지 못했다
사람이 그리울 적에는 막걸리잔을 기울일지언정
양주잔에 웃음을 따르지는 않았다
야생동물처럼 숲속을 헤매 이다 길을 잃기도 했지만
맹수를 만났을 때에도 결코 뒷모습은 보이지 않았다
나는 지금 가을이다
심장을 터트려 붉은 장미를 꽃 피웠던 5월도 가고
불타던 8월도 가고 어디론가 흘러가는 양떼구름을 본다
봄 여름 가을 겨울이 또 그렇게 늙어가고
사랑이거나 미움이거나 모두가 허사로다
조금씩 느슨해지고 조금씩 녹슬어가는 것들에
익숙 해 지는 것이 인생이더라

아주 오래된 습관들을 추억으로 묻어두고
매일매일 거울을 보며 살아가리라

2부

화석

가을이란

아랫마을

은행나무집 수캐

집 밖으로

겉도는 날

금붕어

어항 속
금붕어 네 마리

뻥긋 뻥긋

부부싸움 하다
눈 마주쳤네

길

앞만 보고 달려온
꽃피고 지는 길

돌부리
보지 못했네

꽃잎

바람 따라 흔들리는
꽃잎

오롯이 고개 들어 올린
꽃봉오리 하나 있네

외로워 마라,
벌 나비 날아든다

날갯짓

나비가 날고 벌도 날고
꽃 따라 흘러가는 날개들

붉은 노을 서녘에 걸리면
젖은 날개 접고

고단한 하루를 묻는다

녹슨 삽

소똥구리도 개똥참외도 메뚜기도 없는
가을걷이가 끝난 황량하고 거친
들판 끄트머리쯤

나지막한 논두렁에 비스듬히 기대있는
녹슨 삽 한 자루
늦가을 찬 그림자 길다

눈

밤새 하얗게 내린 눈
소리 없이 쌓였네

낯선 발자국들
누가 왔다 갔구나

눈짓

말은 필요 없어
흘러가는 것이야,

한 번의 눈짓으로
너와 나는
이미

무덤

무덤 위를 하얗게 덮은 눈

양지쪽부터 녹아내린다

죽음도 양지쪽에 발 뻗네

바람

형체도 없이
다가오는 흔들림

오늘 하루도
바람처럼 살았다

밤송이

거친 가시가 돋아
까칠하다

함부로 만질 수 없어
소중하다.

스스로 가슴을 열어
아름답다

비

하루를 마감하는
늦은 저녁에
비가 내린다

바위는 그냥 젖네

설악산

시월에
설악산을 보라

그러하니
무슨 말이 더 필요하리

묵언이다

오늘 밤

마주 보고 앉은
두 사람
아무 말 없네

오늘 밤은
모두 죄인이다

화석

돌아보지 마라

비틀거린
저
발자국들도

고단한
한 생生의
한때,

화석이다

3부

술은 나를 위로해
주지 않았다

낚시

동쪽 바다 한가운데 낚시를 던져 놓았습니다

한참을 기다려 건져 올린 낚시에
갈매기 소리만 매달려 있습니다

바다 위를 둥둥 떠다니는 갈매기 울음소리
까만 바다 위에 외로운 둘이 흔들리고 있습니다

파도 따라 출렁이는 배야 바람 그치면 멈추겠지만
펄럭이는 이 마음은 어떻게 해야 하나요?

속 깊은 바다에 외로움을 던져 놓았습니다
혹시 그대가 건져 올릴 수도 있으니까요

고향 친구

뭐라도 남겨 두고 왔어야 했는데
도시로 가는 완행버스는 흙먼지 날리며 신작로를 달린다
검정 고무신 빛바랠 때쯤
온통 세상은 잿빛이었지
그곳은 맹수들이 우글거리는 빌딩 숲
화려한 가로등 아래 이성과 감성의 상관관계를 고민할 때
술은 더욱 취했던 거야
환갑 맞은 설날 아침 너를 만났지
손등에는 네 손목보다 더 굵은 주사바늘이 꽂혀있었어
그 줄 따라 수액 방울이 똑똑똑 초침을 재고 있었지
"니가 떠났을 때 나는 눈물범벅이 되었다."는
어릴 적 너의 마지막 편지가 기억난다며
해맑게 웃더니
봄이 되면 시골집에 가겠다더니
몸집 줄여 홀연히 떠나가는구나
깃털처럼 가볍다는 것은 중력을 이겨낸 자유
자유로운 그곳에서 편히 지내시게
이승에 남겨 둔 이름 석 자 잊지 않을게

맨발

한 사내의 족적足跡을 따라간다
맨발로 이 땅을 딛고 아장아장 걸으며
수 없이 넘어졌을 저 혼돈의 시간들
발걸음은 지구 자전 방향을 따라 돌고
벽시계의 커다란 초침을 따라 돌고
한 시절 충분히 바람을 가르던 발걸음
한 시절 충분히 비굴했을 발자국들
걸어가면 갈수록 깨닫게 되는
밟아야 설 수 있다는 엄연한 이치를
봄 여름 가을을 지나 겨울에 다다를 때쯤
저 밑에서 길을 가는 발걸음들은
소멸하는 질서 속에 편입되어
결국 맨발로 그 길을 따라간다

바다

갈 길 잃은 망둥이 한 마리
아침 갯벌의 때 이른 평화를
깨트리고 수평선 저 너머에서 울리는
저음의 뱃고동은 바다 깊이
심장을 박동 치게 한다

거칠게 밀려오는 파도를
한 줄 수평선은 하늘과 바다로 갈라놓고
바다는 애써 갯벌의 소동을
말하려 하지 않는다
거친 맥박은 조류 되어 흐르는데

잔잔한 바다는 더 이상 바다가 아니다
바다의 고요는 죽음의 소리일 뿐,
거센 물결로 힘찬 근육을 드러내고
하얀 이빨 거친 파도로
심해의 두려움을 이야기하라

밤

술 마시기 좋은 밤이다
내가 앉아있는 이 자리는 언제쯤 인연일까?
미세먼지 주의보가 연일 일기 예보에
오르내리는 밤
옆자리 술꾼들의 자기 자랑
허상이 이상이 되는 밤
누구도 부처가 되고 예수가 되는 밤이다
술 마시기 좋아하는 성향은 아버지 유산
갑자기 멀리 떠난 친구가 생각나는 것은
그 분위기를 알기 때문일 거야
백두산 천지가 소주가 되고
한라산 백록담에 막걸리가 가득해도
용서되는 밤
밤은 어두워서 좋다

배꼽 축제

금강산 가는 길목 작은 마을 배꼽이 춤춘다
동네 사람들 감자부침기 족발 막걸리 차려 놓고
손님맞이 잔칫집이다
그 열기 뜨거워 하늘이 가까이 내려와
오곡백과 풍성하게 키워낸다
탯줄 떼 낸 아기 배꼽처럼 한반도 한가운데
떡하니 자리 잡은 양구
어린이들 모여들어 맨손 장어잡이 한창이다
물 미끄럼 타며 함성 한 번 지를 때마다
꽃이 피어나고 숲이 푸르러 간다
나무 그늘 아래 어르신들 옛이야기
애드벌룬처럼 부풀어 떠다니고
아기와 엄마의 길 배꼽 길로 사람들이 걸어간다

술은 나를 위로해 주지 않았다

살아가는 길에 막다른 골목을 만날 때가 있다
해 질 무렵 세상이 등 돌릴 때 붙잡고 싶은 것 있다
도시의 밤이 화려하면 텅 빈 주머니가 쓰릴 때가 있다
살아가는 것은 천둥 번개를 맨몸으로 맞으며 가는 것이다
내게 손 내미는 사람 하나 없을 때
어둠이 점점 깊어갈 때가 되면
한 잔 유혹에 내 뇌파는 감전되고 다리가 마비된다
달력 위에 까맣게 엎드려 있던 숫자들이
엉금엉금 기어 나와 마지막 같은 오늘이지만
고통은 술잔을 스쳐갈 뿐,
술은 나를 위로해 주지 않았다

토요일 오후

늦은 아침을 먹고 소파에 누워
어제 했던 프로야구 중계를 보고 있는데
창밖에는 장대비가 내리고
바람은 살랑살랑 불어온다
아래층인가 어느 집에서 점심을 먹으려는지
라면 끓는 냄새가 난다
야구경기는 동점에 역전에 난타전을 펼치고
텔레비전 해설자는 목소리도 요란하게
야구의 과학적 분석을 이야기한다
아내는 뭔지 모를 무거운 마음이 있는지
평상시와 달리 거실 불도 꺼놓고 안방에서
티브이를 보는가 보다
어제는 오랜만에 친구들과 늦은 시간까지
술 한 잔 했다 한 달가량 소원했던
시간들을 털어버리고 친구일 수밖에 없음을
확인하는데 새벽 한 시까지 필요했다
아직 숙취가 남아있어 건성건성 중계 소리를
흘려보내는데 살랑살랑 불던 바람이 거칠게

불어 닥쳐 작은 방문이 요란하게 닫힌다
소리에 놀란 두치란 놈이 고개를 좌우로 흔들며
심하게 짖어댄다
잠시나마 제멋대로 던져두었던 몸을 일으켜
상황을 정리하고 더 편한 자세로 자리를 잡고 보니
소파에 푹 파묻힌 몸은 한가하고 편하기만 한데
무겁게 닫혀있는 안방 문에서
불길한 예감이 엄습해 온다

중독

하루는 또 다른 하루의 중독이다
날마다 떠오르는 태양
밤마다 빛나는 수많은 별
어젯밤도 예전 어느 날 밤과 같은 밤이었다

바람이 기억하는 높은 하늘
함께 살면서 공유할 수 없는 것
혀끝에 알코올 맛
샛강이 흘러 흘러 대양에 동화된다는 것

때를 알아야 한다는 것은 되돌아간다는 것
복기復棋 할 때는 객관적인 세상을 볼 수 있지
눈을 가리고 보는 세상은 아름다워도
달콤한 것은 중독이야

친구와 이성理性의 상관관계

너는 나를 위해 한 말이라고 나 잘되라고 하는 말이라는데
왜 가슴이 따끔거리는 거지
친한 친구를 만나는 기분은 벌거숭이로
멱감는 것과 같은 희열을 느끼는 건데
어린 시절 꿈꾸던 그 꿈 아직 꾸고 있는 거지
선술집 둥근 탁자는 늘 둥글게 공평하게 자리를
내어 주는데 앉는 이마다 처지가 다르다는 것을
인식하면서부터 불평등한 고민이 있다
오늘도 나는 선술집에 앉아 불평등을 생각하며
소주를 마신다
어느 날 갑자기 나는 용기도 의욕도 열정도 사라져가고
점점 시들한 배춧잎처럼 되어간다
친한 친구를 만났을 적에 사소한 말에도 벌컥벌컥 화를 내는
옹졸한 시간 속에 헤매는 것이다
친구는 떠나가고 남아있는 사람들끼리 잔불 정리하듯
당위성을 찾고 서로를 위안하며 이성과 감성 그리고
우정의 합리적인 삼각관계를 고민한다

천렵

삼십 년 지기 친구들과 원평리에 갔다
흐르는 계곡물 한가운데 돌담을 쌓고
깻묵 콩가루 잘 버무려 어항 엉덩이에
찰싹 붙여 돌담 밑에 담가놓는다
고소한 냄새에 유혹당한 피라미
벌떼처럼 몰려든다
한두 번 건져 올리면 매운탕거리 충분하다
감자 호박 마늘 파 듬뿍 넣고 푹 끓여
소주라도 한잔 척 걸치면 천렵이 된다
시설 좋은 펜션은 아니어도 햇볕도 비도
막아주는 다리 밑은 매미울음 깔고 앉아도
오늘은 호걸이다
나무 그늘 끌어 덮고 평상에서 한 움큼 즐긴
낮잠에 여름 해 살 찐다

오늘 같은 밤

오늘 같은 밤이면 그대 내게 오라
내게로 다가와서 이슬비 내리는
늦가을 소양 강변을 걸어 보자
내게 팔을 끼고 머리는 기댄 채
우산 없이 가을비를 맞아보자
안개가 가로등을 훔쳤다
내게로 향하던 따뜻한 불빛은 조난되고
나와 강물은 다시 하얗게 하나가 되었다
하얀 세상은 발자국을 남기기 좋은 캔버스
바람 분다고 낙엽마다 나뒹굴지 않더라
안개 속 갈대들이 전부 하얗지 않더라
오늘 같은 밤에는
바짓가랑이를 타고 올라오는 늦가을과
함께 묵묵히 걸어갈 따름이다
이윽고 새벽이 오면
동쪽으로 나는 청둥오리의
군무를 볼 터이다

4부

사랑은 기다릴 줄 모릅니다

낙엽

미친 듯 뜨거웠던 날들이 있었다
울긋불긋 피어오르는 화상의 흔적들
한여름에 앓은 열병이 끝날 때쯤
생의 마지막에 다다랐을 때쯤
빨갛게 단풍은 불타오른다
단풍은 나무에서 떨어져야 낙엽이다
그러니까 떨어지는 것은 낙엽이 된다
떨어지는 것들에서 커피 향이 난다
하이힐도 운동화도 고무신도 구둣발도
낙엽을 밟으며 간다
밟히려면 처절하게 밟혀라
그리하여 철저하게 부서져라
부서지는 것은 소멸하는 것이 아니다
부딪치는 파도가 그러하듯이
부서지는 것은 바다가 된다

대지

저 바짝 마른 대지 위에 불을 붙여라
지푸라기 하나도 남김없이 모조리
태워버려야 새 생명이 꿈틀댄다
저 나뭇가지를 보라!
겨우내 혹독한 추위에 제 잎을 모두
털어내고 새봄에 새싹을 피우나니

검붉은 연기 속 뜨거운 열기는
땅속 깊이 잠들었던 생명을 깨우고
검은 재는 모유가 되어 수유 되니
태워버리는 것은 죽음이 아니다
메마른 네 영혼에 불을 지펴라
태워서 다시 빛나는 위대함을 보라

발아發芽

겨울나무들이 시린 발을
흙 속에 푹 박고 겨울을 난다
가끔 쓰러진 나무는 맨발이다
양지바른 언덕의 묘지는
남쪽부터 가벼워지고
조용한 움직임이 침묵처럼 앉아있다
고인돌을 들어 올리듯
동토의 산천을 흔드는 위대함이여
봄은 발아의 소리로 온다

파도

저문 바다 한가운데
귀환을 서두르는 노 젓는 배
툭툭 뛰는 사공의 심장이 균형을 잡는다
바다는 파도 위에 배 띄우고
파도로 균형을 깨뜨린다
수평선이 흔들린다

경험의 절벽에 선 사공이
바다와 배의 관계개선을 이야기한다
어떤 사람들은
파도에 지구가 흔들린다고 말한다
파도는 하루도 쉬지 않았다
뱃사공은 오늘도 흔들리는 하루를 접는다

사랑은 기다릴 줄 모릅니다

마음껏 주어도 아깝지 않은 것이 있습니다
무한정 받아도 탈 나지 않는 것이 있습니다
망설이면 후회하는 것이 있습니다
지금 곁에 있는 누군가에게
사랑한다고 말 하세요
길가에 나뒹구는 돌멩이 하나도 사랑스럽습니다
창문 틈을 파고드는 한 줄기 햇살이 아름답습니다
누군가를 사랑한다는 것은 나를 사랑할 줄
알기 때문입니다
오늘 저녁 캄캄한 강가에 앉아 물 위에 떨어진
별에게 속삭여 보세요, 내 속에 불씨를 살려
까맣게 태워 보세요
사랑 만 하다가 죽기에도 안타까운 시간들은
속절없이 흘러가고 있습니다
사랑은 망설이면 달아납니다
사랑은 기다릴 줄 모르는 바보입니다

꿈꾸는 오후

수리봉 삼림욕장에 누워 하늘을 본다
한쪽은 잣나무 또 한쪽은 낙엽송 나무가
서로의 공간을 존중하며 빼곡하게 들어서 있다

하늘을 타고 쭉쭉 내려와 땅에 박힌 모습
우박이 쏟아지듯 힘차게 직선으로 떨어진다

직선의 거침없는 도발이 도리어 평화롭다
얼룩 줄 박이 다람쥐, 검은 청설모의 아름다운 곡선이
분주하다

어느 나무에선가 떨어졌을 잣송이들, 끈적이는
껍질을 용케 벗겨내고 어디론가 물고 간다
또 온다

버리고 간 것들은 온통 쭉정이뿐,
직선은 자유
곡선은 삶

한나절 오르고 또 반나절 내려오는 고독한 산행길
발걸음 지친 나그네 무거운 짐 내려놓고 잠시
꿈꾸는 오후

오솔길

금병산 아래 나지막한 언덕을 돌아가는 오솔길
혼자 걷기 딱 좋은 넓이와 흙바닥
굽은 언덕이 정겹다
지금은 누구도 걸어 다니는 길이지만
처음부터 길은 아니었을 터
오솔길의 주인은 사람이 아닌 오소리가
다니던 길이었다는 것
짧은 다리로 측량하고 배로 밀어 토목공사 한 길을
사람들이 걸어가고 있다
그러니까 오솔길은 다리가 짧아 배를 끌고 다녀야 했던
오소리의 아픈 사연이 있는 길이다
살아남기 위해 걷고 또 걸어가야만 했던
오소리 길이었던 것이다

우산

비 내리는 늦가을 퇴근길에
아주 작은 우산 함께 쓰고 갈 사람
있었으면 좋겠습니다
한쪽 어깨가 비에 젖어도 괜찮습니다
바람 불어 비 들이치면
더 가까이 다가가 체온을 느끼며
손 꼭 잡고 가겠습니다
두 발이 젖어도 좋습니다
빗물 튀지 않게 서로 조심조심
걷는 마음이 있으니까요
가을비 내리는 어느 날 퇴근길
나는 우산 속 아주 작은 세상에서
비에 젖은 꽃을 보았습니다

우정

유치찬란한 이야기 밤새 문틈 밖으로 새어 나온다
맘 놓고 떠들어도 누구 하나 흉볼 것 없고
흉 될 것도 없는 시간이다
유치할수록 재미있다
삼십여 년의 시간을 짊어지고 온 친구들이
한자리에 모여 봇짐을 풀어 놓는다
녹슨 시간을 꿰어맞추고 한때 새파랗던
시절들이 붕어빵처럼 부풀어 오른다
베이비부머 세대 중심에서 치열하게 경쟁하며
두 다리로 굳건하게 이 나라를 떠받쳤던 친구들
흰색 머리카락이 중후하게 무게를 더해갈 즈음
잃어버렸던 의리를 찾아 구봉산 아래 모였다
종례시간을 알리는 종소리가 울려 퍼지고
막 수업을 끝낸 학생 같은 얼굴이다
한때 열심히 공부했고 악착같이 일하고
부끄럽지 않게 살아왔노라고 서로를 위로하며
또 다른 의리를 외쳐본다

배낭

이른 아침 배낭을 열고 오늘 하루를 주워 담는다
생존을 위한 물 도시락 옷가지를
챙기고 커피 과일도 넣는다
배낭 하나에 정리된 하루가 단출 하니 무겁다
시월의 설악산은 뜨겁다
울긋불긋 단풍과 하루를 짊어진
사람들의 발걸음으로 불타오른다
어디에 얼굴을 기대고 사진을 찍어도 달력이다
장수대 가파른 계단을 올라 지칠 때쯤
대승폭포 천길 흰 물줄기에 위로받고
대승령 정상부터 십이선녀탕으로 내려오는
단풍이 절경이다
화려한 외출이 끝날 때쯤이면
빈 배낭이 소금처럼 무거워진다
내일은 또다시 보이지 않는 배낭을 메고
인생의 어느 하루를 살아가야 한다

하얀 꽃

하얀 꽃이다
질곡의 세월 어둠 속에 피어난 에델바이스 한 송이
소중한 추억을 간직하고 있구나

알프스 고산에 뿌리를 내리고
평창의 별을 생각하는
고귀한 흰 빛 꽃이다

하얀 메밀꽃의 연인들
소금을 뿌려 놓은 듯* 하얗게 피어난 너
흰 눈 꽃송이 되어 평창의 밤을 깨우는구나

알프스에서 오대산까지
양 떼처럼 눈길 펼쳐 세계인의 축제 열리는
평창은 고귀한 흰 빛 꽃이다

*이효석의 「메밀꽃 필 무렵」 본문 중에서.

흔들리는 것

흔들려 보자 들풀들아
햇볕 따라 바람 따라
흔들려서 살아있음을 확인하고
흔들려서 바로 서는 끈기를 보자
바람도 힘들면 쉬어가고
햇볕도 지고 나면 별이 될 터이니
흔들리며 줄기를 곧추세우고
뿌리를 튼튼히 하자
낮과 밤이 바뀔 때마다 새로운 것은
아직 못 만난 내일이 있기 때문이지
꺾이지 않는 것은 내일의 희망
흔들리는 것은 홀로 설 수 있다는
약속이라는 것

5부

———

괜찮아

그 섬

파란 봄비가 촉촉하게 내리는 날에는
흰 배를 타고 떠나는 거야
청둥오리 청설모 고라니 다람쥐도 가자
강 건너 초승달 같은 섬으로 빨려가는
둥근 지구촌 사람들
흰 건반 위를 달려보자
풍선을 불어 하늘을 높이 나는 거야
섬은 강물에 떠 있고 강물은 고요히 흐르니
천 년쯤 머무르고 싶은
그 섬에 가자

괜찮아

사람이기에 실수하는 거야
젊었기에 번민 또한 많았을 테지
놀고 싶을 때는 미친 듯 노는 거야
그러다 불현듯 공부하고 싶으면
밤을 하얗게 태우는 거야
일하고 싶으면 조간신문을 돌려봐
어둠 속에 해가 있다는 걸 알 수 있잖아
내 사랑 떠나갔다고 울지마라
떠나갈 사람 빨리 가야 새 사랑이 올 거 아냐
하루 계획 주간계획 부질없는 짓이야
내일 할 수 있는 일 굳이 오늘 하려고 하지 마
그저 마음 움직이는 대로 하면 돼
살다 보면 번민마저 사치라는 것을 알게 돼
고민도 행복이라는 걸 알게 된다니까
인생은 초대하지 않아도 찾아오고
허락하지 않아도 떠난다는 말 있잖아
괜찮아
멋지게 살아야지

밥 잘 먹고 인사만 잘하면 돼

금 따는 마을

생과 사가 혼재하는 혼돈의 시간
산 것이 살아있지 아니하고
죽은 것이 죽은 것이 아닌 봄
노름 밑천 때문에 아내 몸을 파는 소낙비를
쓰는 동안 그는 흔들렸을 거야 투명해지고 싶었을 거야
윤리나 도덕을 무시한다는 것이
얼마나 아픈지 알기 때문이지
형의 방탕한 생활과 술주정에 눌려 우울한 나날을 보내는 그
소박맞은 누나 집에서 구박받으며 얹혀사는 외로운 톨스토이
피를 토하는 가슴 병과 맞서 싸우면서 한 사람을 사랑하는 기개
슬픔과 어처구니없는 현실을 원고지에 꾹꾹 눌러써야 하는
그의 자화상에는 변명이 없다
여기부터 시작인가보다
작은 마을 전시관에 걸린 잉크 번진 육필 원고를 본다
그가 불러주듯 손짓이라도 하듯이 이끌리는 사람들
그의 생가 봉당으로 사람들이 몰려드는 동안
금 따는 콩밭은 금 따는 마을이 된다
명일의 희망이 이글이글 끓는 이가 있다는 말이지

금 따는 마을에는 몇 줄의 시가 마르지 않고 흐른다

남이섬 연가

강을 건너는 것은 마음을 다스리는 것
만국기 휘날리는 토요일 같은 배를 타고
소풍 가는 날
남이나라를 달리는 완행열차에 올라
덜커덩덜커덩
녹슨 시간을 털어낸다
갈림길이 없는 메타세콰이어길 한가운데
알몸으로 서서 사진 한 장 남기고 싶다

만남

유정을 만나려
실레마을 이야기 길을 걷다가
나를 만났다

화사花蛇의 현란한
혓바닥 놀림 끝에
나신裸身으로 닮아있다

가슴에 붉은 상처를 안고 있는 자
가슴의 아픔을 버리려는 자가
실레마을 이야기 길을
말없이 걷고 있다

빨간 우체통

우리 동네 큰길가 모퉁이를 돌면
빨간 우체통 하나 있습니다
침으로 붙인 우표들이 모여들던 정거장
기쁜 사연 슬픈 사연 한데 모아
그대에게 전해 주었지요
떨리는 가슴으로 조마조마 편지봉투를 뜯던
그때가 있었습니다
연필로 또박또박 써 내려간 주소
달필의 한문으로 으쓱하던 편지봉투들
오늘은 어느 문패 앞에서 서성이고 있나요?

실레 하늘, 그 별

그의 삶으로 들어간다
그는 저만치 서서 더듬더듬 나를 오라 부르는데
그를 찾아가는 길가에 놓인 활자는 어둠에 숨고
마디마디는 돌부리처럼 일어나 덜컹거린다
하얀 머릿속을 휑하니 드나드는 찬바람
얼음판 위에 박힌 돌멩이 하나 붙잡는다

시간은 어쩌자고 백 년의 간극을 좁혀 놓았을까?
간극을 좁힌다는 것은 실레 하늘에 반짝이는
별을 찾아가는 것
시극에서 별을 만난다
기다리지 않는 상처는 홀로 길을 만들고
꺾여진 사랑 너머로 해가 기운다
비극과 해학은 별의 세레나데
밤이 깊을수록 유정은 내 곁에 반짝이고 있었다

아지랑이

이른 봄날
창밖 아지랑이
이때쯤 올 줄
알았는데…

잠시 머물다가
떠난 자리
연분홍 꽃잎으로
채워져도

그렇게 빨리
돌아갈 거면
왜 왔느냐?
묻지 못했네

오월이 가면

오월이 가면 나는
빨갛게 달아오른
아스팔트 길 위를
맨발로 걷고 싶소
푸르름의 고통을
빨간 장미 넝쿨
가시처럼 가슴에 품고
슬픈 비를 기다리겠소
오월이 가면 나는
지는 꽃잎을 주워
아름다웠노라
슬프도록 아름다웠노라,
말해주고 싶소

점순이 낚시법

금병산 허리춤에 낚싯줄 걸쳐놓고
호드기 소리로 주문을 왼다
조준 정렬이 덜 된 낚싯바늘은
표적 아래 흔들리는데
푸드득 푸드득 수탉들 난다
성전聖戰이다
붉은 선혈보다 더 뜨거운 면두*를 제단에 바친다
뜨거운 땡볕 웃자란 동백꽃
성례에 저당 잡힌 머슴살이
더디 자라는 것은 파혼이야,
거지반 집에 다 내려올수록
싸리나무 울타리가 훤하다
굵은 하지감자 김은 모락모락
다섯 손가락 사이를 빠져나가고
빈 낚싯줄 가볍다
가벼운 것을 당길 때는
허파를 뜨겁게 달구어야 하지
마지막 낚시법은 몸뚱이로 겹쳐서 쓰러지는 것

* 면두 : 볏의 경기 강원지역 방언.

짝사랑

릴케의 빨간 장미를 이식한다

유정의 심장 다시 뛰고
노란 동백 알싸한 향기 정맥으로 흐르는데
가슴 깊이 아픈 상처 무명실로 한 땀 한 땀 꿰맬 때
시루떡 붉은 팥은 뜨겁게 익어간다

싸움닭 피 흘리던 풀숲들
흔들리는 등잔 불빛 따라 점순이가 만무방이다
백 년의 시간을 재단하는 경춘선 철길
두 줄 평행선은 첫날밤을 못 이룬 것일 게야,

한 사내 아픈 사랑 손톱 밑 가시로 파고들 때면
붉은 손톱 아래 주렁주렁 노란 동백꽃 줄기들
부지런한 해거름 따라 꺼져가는 몸
이승에서 마지막 술잔에 녹주를 붓는다

하산

소리 없이 지나가는 흰 구름들
앞만 보고 올라온 길이 더듬거린다
산 정상 나무들은 키를 낮추고
겸손하게 고개를 숙인다

복사뼈를 묻어두고 내려온다
발아래 봉우리들은 뭉게뭉게
흘러내리는데
등 굽은 소나무 하나 바위틈에
뿌리를 박고 산사를 내려다 본다

수 십 년을 한곳에 서서 외로이
한쪽만 바라보고 살아온 것이
어디 소나무뿐이겠는가
뒤를 돌아보면 수 천길 낭떠러지 길
외줄타고 평생 오르기만 했던 길

내려오는 굽이굽이마다 풍경소리
도드라질 때 발길질 한번 못해본
발들을 물에 담그고 홀로 동안거에 든다

6부

다리 위의 사람들

뉴스

어떤 이는 사라져가고
또 어떤 이는 살아난다
채 마르지 않은 머리카락 사이로
식은땀이 흐른다
아무 일 없는 듯
"다음 뉴스를 전해드리겠습니다"
부고장 같은 앵커 목소리
밥숟가락에 툭툭 얹힌다
아침 밥상머리
목이 멘다

News

Someone disappears
Someone survives
Through wet hair
The cold sweat is dripping
As if nothing ever happened,
He says
"I will announce another news."
The Anchor's voice like an obituary
is dropping on my spoon
At the breakfast table
I feel choked

다리 위의 사람들

사람들이 다리 위를 걷고 있습니다
집으로 가는 사람 출근하는 사람
속이야 알 수 없지만 종종종
바쁘게 걸어갑니다
하루가 이제 시작인데
무릎은 힘들다고 투정입니다
어제도 건너고 오늘도 건넜지만
무심한 다리는 1미터도
깎아주는 일이 없습니다
이를테면 다리를 건너는 것은
툭툭 떨어지는 꽃잎 주우러 가는 것입니다
살아간다는 것은 부은 다리 어루만지며
꽃나무를 심는 일입니다

People walking over the bridge

People are walking over the bridge
Some are walking to work
Others are walking home
They are walking with hurried steps
I don't know why
From the early morning
My knees complain of backbreaking work
Yesterday I crossed the bridge
Today I also cross it
Though I cross the bridge everyday
The bridge is so indifferent that it never shortens
even one meter
So to speak
Crossing the bridge is going picking up fallen flower
petals
Living is planting flowers,
Rubbing the swollen legs

메밀꽃

새벽어둠을 짊어지고 밭으로 나간다
오뉴월 땡볕도 제 살 뜨거워 그늘에 숨는
정오가 되면
농부는 툇마루에 걸터앉아 찬밥 한 덩이 물 말아
점심을 먹는다
끼니를 때우며 들판을 바라본다
불타는 들판 한가운데 등줄기 곧추세우고
억세게 뿌리를 뻗쳐 나가는 메밀이 있다
가난한 농부의 발자국이 있다
해지고 밤 오면 메밀밭에는 하얗게
별들이 내려앉아 아침을 맞는다
농부의 발길 따라 메밀꽃 하얗게 웃는다
온 세상에 하얗게 꽃이 핀다

Buckwheat flowers

At dawn does a farmer go to the field with darkness
on his back
At noon does even the sizzling summer heat hide in
the shade
Sitting on Toenmaru,
The farmer puts cold rice in the bowl of water,
And eats it for lunch
He hurries to eat, staring at the field
In the middle of the sizzling filed
There
Are buckwheat flowers holding their backbones upright,
Spreading their roots strongly
And the poor farmer's footprints are on the filed
The sun setting and the night coming in the field,
The white stars rest and greet the morning
Buckwheat flowers scatter white smile,
Following the farmer
White flowers blossom all over the world

무당벌레

어쩌자고
붉은 장미 가시에
앉았느냐
꽃잎 떨어지면
장미 될 줄 아는가?

Ladybug

Why are you sitting on a rose thorn?
If rose petals fall down,
Do you think you will be a rose?

새벽 비

새벽부터 장대비가 쏟아진다
창가에 타닥타닥 빗방울 부딪치는 소리
열무 새순처럼 돋아나고
유리창이 파랗게 젖는다
소낙비가 쓸고 간 아스팔트에서
새 신발 향기가 난다
소낙비를 잉태하느라
지난밤 그리도 무더웠던가?
문득 뒤돌아보니 세상 사람들은
뜨거운 사랑으로 길을 만들고 있었다

Daybreak rain

There has been a heavy rain since daybreak
Tadaktadak
The sound of the rain pattering on the window
Rain drops look like the buds of young radishes
The window is being dyed green
After the heavy rain,
The asphalt smells like new shoes
Last night might have had hot fever bearing a
sudden shower
All of sudden I look back
There
Are people making their roads with burning love

선인장

드라세나 맛상게아나 꽃 하얗게 피었다
화려하진 않지만 향이 짙은 꽃을 피워낸 행운목
혹시 행운이 뚝 떨어졌을까 뒤적이다가
가시에 찔린 손등 피난다
가시 들고 검객인 양 노려보는 선인장
언젠가 깨진 화분에 푹 꽂아 두었던
화려한 꽃도 요염한 향기도 없어 눈길 한번
준 적 없는데
이를 악다물고 억세게 뻗쳐 나갔을 뿌리
거침없이 천장까지 키운 몸집에 남은 흔적들
대장장이가 벼린 낫처럼 예리한 가시는
복수를 위한 칼날이었던가
범접할 수 없는 위용
그 곁에서는 조심조심 순한 양이 된다

Cactus

Dracaena Massangeana bloomed white

It is not colorful, but has strong scent

It is called a lucky plant

I browse around the plant to find the luck

A thorn pricks me on the hand,

Which is bleeding

The cactus is staring at me, holding the thorn like a swordsman

One day, I planted the cactus in a broken pot

I have never given even a look to it

For it had no attractive scent and figure

It has managed to survive for itself

and spread its roots

With all its might

With scars on its body,

Which are from struggling to grow and grow itself to the ceiling

Is the thorn a glittering sickle forged by smith?

Is it for revenge?

For its inviolable dignity

I become gentle like a lamb

소양로 사람들

호수의 표면이 조용한 게
저 밑이 수상하다
소양로를 몰라도 호수는 푸른색이야
여기로 달려와 봐
함박눈이 내릴 때 강아지 발자국이 보여
왁자지껄 투명유리를 걷는 사람들
빙어잡이 가자
추울수록 속을 훤히 드러내는 거야
내장까지 아낌없이 보여 줘야 해
호수를 짝사랑 한 소양로
호수를 달려 바다로 가자
네가 오는 동안 불빛은 더욱 빛났지
내 목소리가 들려
너와 난 긴 속삭임이 필요해

People in Soyangno

The surface of the lake is still

Its bottom is suspicious

You don't know about Soyangno

But the lake is blue

Come here running

On the day of a heavy snow

You can see puppies' foot prints here and there

You can see people walking on transparent glass

here and there

Let's go fishing pond smelts

The colder it is, the more transparent the glass is

It shows even its internal organs generously

Loving the lake,

Soyangno will go to the sea across the lake

While you are coming,

The light will glow more brightly

Can hear my voice?

You and I need to whisper for a long time

인연

서로 다른 풀일지라도
옆에 있으면 닮아가는 것처럼
우리도 자주 만나면 비슷해진다
오래 산 부부가 닮는 것은
인연이 깊어지기 때문이다
잠시 스쳐 가는 얼굴일지라도
인연으로 또다시 만날 터이니
너와 나 어둠 속에 서 있더라도
어디서 인연의 손은 다가오고
있으려니

Nidana(connection)

Being by each other,

Even different kinds of grasses gradually get similar

to each other

So do you and I

If we often get together

Living long together and having deep connection,

Husband and wife get similar

Being passing Nidana,

We may meet again with strong connection

Being in dark for a moment,

Our Nidana may come closer and closer

* Nidana : 불교에서 인연의 의미.

커피

커피 한 잔 진하게 탔습니다
갓 볶아낸 원두 향이 납니다
토닥토닥 원두 볶는 소리
모닥불처럼 타오르고
바람 없는 날 연기 같은
커피 향은
모락모락 피어오르는데
그대 발걸음
낙엽 밟고 오시려나
커피잔은 식어 가는데

Coffee

I made coffee strong

It has the aroma of fresh coffee just roasted

Todaktodak

The sound of roasting coffee beans

It is like the bonfire burning

On the day without wind

The aroma of coffee beans

Is billowing like smoke

Are you still stepping on fallen leaves?

Coffee cup is getting colder

행복한 눈물

동공을 열어 녹슨 초침을 수거한다
나이 들어 늙어서 그렇다는 것
인정하고 싶지 않지만 현장을 검증하고 만 거야
창가에 기대앉아 예리한 의술이
날카롭게 수정체를 거두어가는 것을
모니터 창으로 바라보고 있을 때
가느다란 실핏줄은 생존의 몸부림으로 분주하다

축배를 드는 거야
와인잔을 눈에 가까이 대고 포도 향을 느낄 때
나는 옆에 있었지
로이 리히텐슈타인의 '행복한 눈물'을 보고 말았어
비 오는 날 수채화 같은 유리창을 손으로 쓱 닦아내고
가로등을 보는 느낌일 거야
그러니까
유리창을 닦는 것은 아름다운 눈물을
보고 싶기 때문인 거야

Happy teardrops

The pupil is wide open and the rusty memory is removed
We are getting older
I don't want to concede it
Now, I am obliged to validify it
Sitting against the window,
I watch the acute medicine removing the retina sharply
The capillaries in the eye are busy struggling for life
To look at it

Let's crack a bottle
While you are holding the wine glass close to your eye
I was by you feeling the scent of grapes
I saw Roy Lichtenstein's happy teardrops
You may feel like you watch the street lamp from the
window
Which you wipe with your hand
I mean
Wiping the window may be for watching the beautiful
teardrops

나이 들어가면서 내 인생의 지침을,

—호기심을 갖자
—뻔뻔해지자
—행동하자

라고, 정하고 보다 적극적으로 살자고 다짐했다.

세 가지 중에서 "호기심을 갖자", "행동하자"는, 말 그대로 이
해되지만 "뻔뻔해지자"라는 부분에서 의아해하는 분들이 있으
리라 생각한다.
「뻔뻔하다」의 사전적 의미는 〈부끄러워할 만한 일에도 부끄러
운 줄 모르고 염치없이 태연하다.〉라고 설명하고 있다.
부정적 의미가 크다. 그러나 내게는 꽤 의미 있는 문구다.

'내 체면에 그걸 어떻게'
'이 나이에 무얼 해'

그런 것들을 이겨내고자 나름대로 뻔뻔해지려고 한다.

그 덕분에 이 가을, 인생 최초의 시집을 엮어가게 되었다. 내용을 논하기 전에 나 자신이 대견하고 자랑스럽다.

나 자신에게 뻔뻔 하자는 게 혹시 다른 분들께 뻔뻔해 보였는지 모르겠지만, 그렇더라도 넓은 도량으로 이해해 주시기 바라며 오늘이 있도록 이끌어주신 주위 분들께 진심으로 감사하다는 말씀을 드린다.

시와소금 시인선 108

무당벌레

ⓒ이영수, 2019. printed in Seoul, Korea

초판 1쇄 인쇄 2019년 11월 25일
초판 1쇄 발행 2019년 11월 30일
지은이 이영수
펴낸이 임세한
펴낸곳 시와소금
디자인 유재미 정지은

출판등록 2014년 1월 28일 제424호
발행처 강원 춘천시 충혼길20번길 4, 1층 (우-24436)
편집실 서울시 중구 퇴계로50길 43-7 (우-04618)
전화 (033)251-1195(팩스겸용-), 휴대폰 010-5211-1195
전자주소 sisogum@hanmail.net
ISBN 979-11-6325-003-6   03810

값 10,000원

* 이 책의 내용의 전부 또는 일부를 재사용하려면 반드시 저작권자와
  시와소금 양측의 동의를 받아야 합니다.
* 잘못된 책은 교환해 드립니다.
* 이 책의 국립중앙도서관 출판도서목록(CIP)은 서지정보유통지원시스템
  홈페이지(http://seoji.nl.go.kr)와 국가자료공동목록시스템에서 이용하실
  수 있습니다. (CIP제어번호 : CIP2019041365)

 강원문화재단
 Gangwon Art & Culture Foundation
• 이 시집은 2019년 강원도 강원문화재단 전문예술창작지원금으로 발간하였습니다.